Help, wie klopt daar?!

Eerder verschenen in deze reeks:

www.leopold.nl

Nanda Roep

Help, wie klopt daar?!

met tekeningen van Georgien Overwater

LEOPOLD / AMSTERDAM

PSSST! Hou jij van koken?
Kijk dan achter in dit boek en maak je favoriete recept.
Kijk ook op www.plazapatatta.nl *én op* www.nandaroep.nl

NEDERLANDSE
KINDERJURY
2007

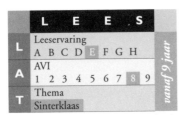

Toegekend door KPC Groep te 's-Hertogenbosch.

Copyright © Nanda Roep 2006

Omslagtekening en illustraties Georgien Overwater

Omslagontwerp Rob Galema

NUR 282 / ISBN 90 258 5034 0

Onder dezelfde titel verscheen eerder een boekje als Leesleeuw bij Uitgeverij Zwijsen. Deze nieuwe uitgave is geheel herschreven en uitgebreid.

Plaza Patatta – *Menu*

Wie is wie?

Deze vrolijke jongedame is het oudste kind in huis. Het betekent dat zij de grootste cadeaus moet krijgen, en dat ze bovendien het best is in surprises maken. (Maar dat vindt ze natuurlijk alleen maar zelf...) Dit creatieve meisje is dol op feestelijke avonden zoals Sinterklaas-avond. Ze heet Luna.

Dit lachebekje is het tweede en meteen ook laatste kind van haar ouders. Zij is daarom het schattigste en dus wil iedereen voor háár de leukste verrassingen bedenken. (Euh, dat vindt ze tenminste zelf...)
Haar zus moet niet denken dat ze bang is voor zwarte Pieten die je in de zak stoppen. Want voor zulke flauwe Pietengrapjes is deze slimmerd nu echt te groot! Ze heet Lotte.

Deze rondborstige dame is mevrouw Veldstra – oftewel, de lieflijke 'Mama Marianne'. Zij is de trots van het gezin, want Marianne is operazangeres. Geen gewone, nee, een echte *ster* die over de hele wereld optreedt.

Voor Sinterklaasavond is ze natuurlijk naar huis gekomen; Marianne is namelijk dol op familiefeestjes! Al de hele dag zingt ze luid en uit volle borst Sinterklaasliedjes.

En dit is hun lieveling: papa Veldstra, de enige man in huis. Hij zit vol nieuwe ideeën voor zijn kinderrestaurant Plaza Patatta, dat betekent: de plaats waar patat is – mmm. Papa knutselt en kookt of zijn leven ervan afhangt. Speciaal voor Sinterklaasavond heeft hij allerlei nieuwe recepten uitgevonden. Maar omdat hij nog steeds nauwelijks kan koken, durft niemand zijn brouwsels te proeven!

Sinds een paar maanden wonen ze met z'n viertjes boven hun kinderrestaurant in Biesland, aan de rand van het bos. Al die tijd hebben ze nooit licht gezien in het houten huis een kilometer verderop - het eerste huis naast hun boerderij. Ze dachten dat het onbewoond was...

1 Een spookhuis

In Plaza Patatta doet iedereen geheimzinnig. Papa en mama praten nauwelijks tegen elkaar, en zeggen alleen het hoognodige tegen hun dochters. Zoals: 'Doe je het licht uit als je naar beneden gaat?' Of: 'Mag ik de lijm als jij ermee klaar bent?'

Dat komt doordat ze surprises, verrassingen, aan het maken zijn voor hun Sinterklaasfeest.

Natuurlijk hopen ze dat de échte Sinterklaas op 5 december zal langskomen. Sterker: Lotte zegt elke avond voor het slapengaan een wensgebedje met de vraag of Sinterklaas alsje-, alsje-, *alsjeblieft* zal langskomen!

Maar ze hebben óók samen lootjes getrokken. Dat zijn briefjes met de namen van de familie: Luna, Lotte, Marianne en Hans. Voor degene die op jouw briefje staat, moet je dan een klein cadeautje kopen en een surprise maken.

Luna heeft bijvoorbeeld haar zusje getrokken met de lootjes. (Ssst, dat mag nog niemand weten!) In het grootste geheim heeft Luna toen hun eigen huis zo'n beetje nagemaakt van kartonnen dozen en stukjes hout.

En weet je wat ze toen deed? In elke kamer heeft ze een spookje gelegd. Eén van plastic, één van stof, en gewoon een klein lakentje met oogjes eruit geknipt. Omdat Lotte altijd zo bang is voor spoken en geesten, haha.

Nu heeft Luna haar enorme surprise ingepakt (met wel twee rollen inpakpapier), en staat ze onder aan de trap een plekje te zoeken om haar cadeau te verstoppen. Dan mag Lotte tenminste weer bij haar in bed kruipen als ze niet kan slapen, die bange pudding.

'Wat is dat?' vraagt Lotte plotseling. 'Is het voor mij?'

Snel duwt Luna het grote pakket voor zich uit.

'Zeg ik niet.'

Ze heeft het cadeau achter de wenteltrap geduwd, naar het duistere gangetje van de boerderij.

Lotte wijst naar de donkere hoek waar het spookhuis staat. 'Ga je dat ding op het geheime luik zetten?' vraagt ze ongelovig.

Niemand weet dat er een luik in de gang van hun huis zit. Papa heeft het hele pand verbouwd, maar het luik niet gezien. Ook mama heeft geen idee dat je vanuit Plaza Patatta een ondergrondse gang in kunt.

Er zijn maar drie mensen die de tunnel kennen: Luna, Lotte en het oude vrouwtje Frida, dat vroeger in de boerderij woonde.

Lotte vraagt: 'En als we nou naar Frida willen?'

De gang komt uit in het bos van Biesland. Bij de uitgang staat een huisje, wit als in een sprookje. En daar woont Frida. Eerst waren de zussen bang voor haar (vooral voor haar woeste hond!), maar ze bleek heel aardig te zijn.

Tegenwoordig krijgen ze van Frida vaak zelfs hulp. Ze

geeft bijvoorbeeld advies over koken. Daarmee kunnen de meiden voorkomen dat papa vieze dingen maakt, en dat is wel nodig ook.

Vorige week wilde papa bijvoorbeeld koekjes bakken. Niet zomaar koekjes, nee, ze moesten in de vorm van de mijter van Sinterklaas. Met paprikapoeder erop en halve tomaatjes, zodat de mijter echt rood zou zijn. Je moet er toch niet aan denken hoe vies dat zou zijn geworden! De tomaatjes zouden in de oven verschrompelen, en het koekjesdeeg zou helemaal nat en slap worden – blègh.

Toen zei Frida dat hij misschien beter *kaneel*koekjes kon maken. Bijvoorbeeld in de vorm van de staf van Sinterklaas. Dat zou tenminste lekker smaken.

'Als we naar Frida willen,' zegt Luna, 'dan is mijn surprise hier allang weer weg.'

Lotte bestudeert het grote ding dat Luna heeft geknutseld. Dan knikt ze en zegt: 'Zo'n grote surprise wil ik wel.'

'Reken maar nergens op, eierkopje,' zegt Luna.

Mama Marianne loopt boven over de gang, ze neuriet tevreden een deuntje. Soms barst ze zingen uit en galmt: '*Hoort wie klopt daar, kind'ren!*' Luna en Lotte beginnen dan steeds te glimlachen, en papa trouwens ook.

'Meiden? Schattekontjes?' Uit de keuken komt papa Hans tevoorschijn. Hij heeft een vork achter zijn oor en een schroevendraaier in zijn hand. Zijn haren zijn wit van de bloem waarmee hij koekjes bakt. 'Willen jullie bij de supermarkt even kruiden halen voor pepernoten, alsjeblieft? Ik heb net uitgevonden hoe ik die moet maken!'

Uit de zak van zijn overall trekt hij zijn portemonnee en Lotte neemt giechelend een briefje van tien euro aan.

'Papa, let je op dat je niet met de schroevendraaier in het deeg gaat roeren?'

Luna wijst naar zijn oor. 'Enne… met een vork kan je geen surprise in elkaar zetten, hè?'

Verward kijkt papa naar de schroevendraaier in zijn hand. 'O! Natuurlijk! Goed dat jullie het zeggen!'

Hij stopt de schroevendraaier achter zijn oor en gaat terug naar de keuken. De meiden kijken hem vrolijk na.

'Wat doen we?' vraagt Lotte dan. 'Onze skates aan?'

'Op skates kunnen we niet door de regen, pepernootje, we gaan met de fiets!'

Lotte puft. 'Doe maar niet zo verwaand hoor, want op de fiets ben ik altijd veel sneller dan jij.'

'O ja? Moet jij eens opletten!'

Tegelijk beginnen ze te rennen. Ze moeten gauw naar hun jassen en hup, op de fiets. Ze willen allebei de snelste zijn!

2 Het BosBeest

Lotte springt naar buiten op haar regenlaarzen - want die kreeg ze het snelst aan. Ze wil Luna achter zich laten en blijft daarom rennen terwijl ze haar jas van de kapstok grijpt. Zie je wel, Luna heeft haar nog steeds niet ingehaald, het gaat lukken! Hijgend trekt ze de enorme schuurdeur open, en sprint om het gebouw heen naar de voorkant. Gelukkig staat haar fiets nooit op slot en kan ze dus meteen wegrijden. Ze komt om de hoek... en ziet Luna wegfietsen.

Hoe kan dat?!

Beteuterd en verbaasd kijkt Lotte haar grote zus na – die keihard roept dat Lotte het heus niet van haar kan winnen als-ze-dat-soms-dacht...

Pfft, die slimmerd is door het raam uit het restaurant geklommen. Hoe bestáát het! Het is toch niet normaal dat je daaraan denkt? Nee, besluit Lotte, dat is echt niet normaal. Ze pakt haar fiets en gaat erop zitten. Die zus van haar is een abnormale euh... aap.

Een stapelgekke chimpansee, dat is ze.

Een dikke baviaan, en niks anders!

Lotte knikt tevreden dat het zo is, en fietst het Plaza Patatta-terrein af. Ze volgt de weg in de richting van de stad. Daar zal ze Luna toch wel tegenkomen? Zij heeft de tien euro in haar zak, dus zonder haar is Luna nergens!

Eigenlijk is het best eng dat ze nu alleen moet rijden langs het bos. Zo vaak beweert Luna dat tussen de bomen een eng BosBeest woont. Lotte gelooft haar bru-

tale zus natuurlijk niet, echt niet hoor. Maar ja... als je acht bent en je moet ineens alleen langs al die donkere bomen... Waar hongerige bosbeesten zich gemakkelijk kunnen verstoppen...

En kinderlokkers...

En dieven...

Lottes hart begint sneller te kloppen.

Niet aan denken, Lot, zegt ze dapper tegen zichzelf. Maar ze kan het niet helpen dat ze toch wat sneller begint te ademen. In december zijn de dagen altijd zo kort, het begint alweer te schemeren voordat je er erg in hebt. Wat, als ze Luna *niet* tegenkomt in Biesland Centrum? En wat, als ze dan door het donker terug moet? In haar eentje?

Nee hoor, dat wil ze niet, dat durft ze niet!

Lotte staat net op het punt om naar huis terug te gaan, als ze eindelijk haar abnormale zus ziet staan. Meteen glijdt de spanning van haar af.

Tevreden zegt ze: 'Je kon zeker niet zonder je kleine zusje...'

Maar Luna hoort haar niet. Luna ziet haar zelfs niet eens.

'Joehoe!' roept Lotte dan. 'Durf je niet alleen naar de stad of zo?' Ze lacht keihard – om te laten horen dat ze het heus niet erg vond dat Luna eerder was vertrokken. (Maar niet heus – maar dat hoeft Luna niet te weten!)

Pfft, eigenlijk is ze opgelucht dat Luna er staat, zeg! Haha, die gekke zus van haar had d'r mooi te pakken! Lachend roept ze: 'Je bent een baviaan, Luun, hoor je dat? Een dikke baviaan ben je!'

Maar Luna reageert niet. Hoe kan dat? Normaal zou ze allang hebben gezegd dat Lotte haar brutale 'eierkop' moest houden, of zoiets. Zeker weten. Misschien kan ze haar niet horen?

Lotte haalt diep adem en schreeuwt: 'Lúúnááa! Je bent een baviáán!'

Luna kijkt opzij en legt haar vinger over haar lippen: 'Ssst!'

Verbaasd kijkt Lotte naar haar zus. Nou zeg, wat heeft die ineens?

Luna staat naast haar fiets aan de rand van de weg. Ze kijkt in de richting van het bos.

'Wat is er?' vraagt Lotte. Ze houdt haar fiets aan de hand en gaat naast Luna staan.

'Kijk eens...'

Lotte ziet het houten huisje dat er altijd al heeft gestaan. Ze haalt haar schouders op.

'Had je dat soms nog niet gezien of zo? Kippige kalkoen, dat staat er de hele tijd al–'

'Kíjk nou eens!' Nog steeds dat ernstige gezicht. 'De gordijnen...'

Nu ziet Lotte het ook. Haar wangen worden bleek en ze vult haar zus aan: '...zijn dicht.'

Luna legt haar fiets op de grond en stapt het mos op, richting de bomen. Lotte wil zeggen dat ze dat niet moet doen, maar in plaats daarvan staat ze met open mond naar het huisje te staren. Want uit de schoorsteen... komt *rook*.

'Luun!' De stem van Lotte is zacht geworden als die van een muisje. 'Laat me niet alleen!' Snel stapt Lotte haar zus achterna. Ze zegt zachter dan zacht: 'K o m n o u t e-r u g!'

Maar ze weet eigenlijk al dat er niks tegen te doen is. Luna is zo nieuwsgierig, die wil per se weten wat er in het huisje is.

'S t r a k s i s e r e c h t e e n b e e s t!'

'Welnee joh!' Luna doet niet eens haar best om zacht-jes te praten. Die wil alleen maar zo snel mogelijk de ven-sterbank van het huisje vastgrijpen en naar binnen gluren.

Opeens klinkt er een diepe, zware, boze stem die zegt: 'Wat moeten jullie hier?!'

'Hellep!' gilt Lotte, maar Luna zegt niets, al stopt ze wel met lopen. Ze kijkt om zich heen waar de stem van-daan kan komen.

'Ga weg!' zegt die stem. Brrr, zo'n dreigende stem...

Lotte fluistert: 'L a t e n w e g a a n.'

Maar Luna heeft haar ogen gretig op het raampje gericht. Ze kan *bijna* zien wat er binnen gebeurt. Als het gordijn nu maar een *klein* stukje open zou zijn...

'L u u n! K o m n o u!' Lotte steekt haar hand uit om de mouw van Luna's jas te pakken, en op hetzelfde moment begint de stem te bulderen: 'G A W E G! V E R T R E K! J U L-L I E M O E T E N W E G!' Ze hoort een keihard krakend geluid. Een geluid alsof iemand z'n botten worden gebroken.

Lotte gebruikt al haar angst om haar zus krachtig mee te trekken. 'Rénnen!' schreeuwt ze, en eindelijk komt Luna mee.

Lotte hijgt en rent en holt door het bos, springt over takken en struikelt bijna over de wortels van een scheve boom. Luna rent mee, gelukkig.

Ze pakken hun fietsen op en rijden weg. Naar de stad. Eindelijk.

Als ze een klein beetje op adem is gekomen, zegt Lotte: 'Je had het trouwens wel in de gaten hè?'

'Wat?'

'Nou, dat ík dus had gewonnen de tweede keer, haha!'

'O?' Luna trekt één wenkbrauw op. 'Bedoel je dat jij zóóó bang was van een gek die zich niet liet zien, dat je struikelend en buitelend door het bos ging? Dat je toen per ongeluk als eerste op je fiets terechtkwam? En dat je dus iets *beter* hebt gedaan dan ik?!'

'Doe maar niet zo jaloers.'

'O sorry, kakelend kipje.'

'Slome sukkelina.'

'Bange drilpudding.'

'Echt niet.'

'Echt wel.'

3 De waarschuwing

In de supermarkt hebben ze vrij gauw de kruiden gevonden die papa zoekt, het zijn speculaas-kruiden. In deze Sinterklaasweek liggen ze op een speciale plek voor het grijpen. Ze zijn dus gauw klaar en willen al naar de kassa lopen, als ineens iemand vraagt: 'Meisjes, kan ik jullie soms helpen?'

Ze kijken vragend achterom. Het is mevrouw Toddel; die komen ze wel vaker tegen in het centrum (en altijd op een verkeerd moment). Mevrouw Toddel babbelt het liefst de hele dag, en bemoeit zich steeds met iedereen.

Lotte glimlacht beleefd. 'Hoeft niet, we hebben het al gevonden, mevrouw.'

Maar mevrouw Toddel stapt toch op de meiden af. Ze grijpt Luna bij haar mouw en brengt haar hoofd heel dichtbij. Er zit nog maar een centimeter tussen haar neus en die van Luna. Geschrokken volgt Lotte wat er gebeurt.

'Meisjes, luister.' De ogen van mevrouw Toddel schieten heen en weer tussen het hoofd van Luna en dat van Lotte. 'Er is iemand in het huisje naast jullie restaurant.'

'Dat hebben we gemerkt, ja.'

'Laat diegene met rust, oké? Jullie moeten me beloven dat je hem met rust laat.'

Lotte begint alweer te knikken, die bange pudding, maar Luna vraagt: 'Weet u wie daar zit? Het leek wel een gek.'

Mevrouw Toddel deinst een klein stukje achteruit. Ze knippert met haar ogen. Ze zucht. Dan knikt ze.

'Ja, het is een gek. Een geváárlijke gek. Het spijt me voor jullie, maar je kunt hem het best met rust laten. Dan verdwijnt hij vast vanzelf weer.'

Luna vraagt: 'Wie zegt dat hij verdwijnt? Straks zitten we voor altijd met een gestoorde buurman!'

'Dan halen we de politie erbij. Laat ons dat maar doen. De volwassenen. Maar blijven jullie alsjeblieft uit zijn buurt, goed? Beloof je dat?'

Voorat Luna weer iets kan zeggen, antwoordt Lotte: 'Goed, mevrouw Toddel, we wilden er toch al niet naartoe. Toch, Luun? We zullen er wegblijven.'

'Hmm,' doet Luna nors.

'Mooi.' Mevrouw Toddel laat Luna los. Ze ziet iemand anders lopen door de winkel, en begint te zwaaien. 'Joehoe, Iris!' Net zo snel als ze was gekomen, is mevrouw Toddel ook weer vertrokken...

Luna trekt haar jas recht. 'Nou ja, zeg.'

Lotte knikt. 'Het is dus écht een gevaarlijke gek. Zie je wel, het is maar goed dat ik je net meetrok.'

Luna haalt haar schouders op. 'Hij zou ons heus niet meteen in mootjes hakken, hoor.'

'O nee? Wie zegt dat?'

'Ik. Luna Veldstra.' Luna haalt even diep adem en zegt plechtig: 'Luna Elizabeth Veldstra. Oftewel...'

'Jaja, oftewel L.E.V.,' zucht Lotte.

Luna knikt tevreden: 'Oftewel L E V, ja. Ook wel uitgesproken als: lef. Terwijl jij...'

'Hou maar op, ik weet wat je wilt zeggen.' Lotte sloft naar de kassa.

'Mijn lieve zusje Lotte Anemoon Veldstra...'

'Jaja, L A V, ik ben laf. Hou er maar over op.'

Maar Luna houdt er niet over op. Die wil nog gráág benadrukken hoe bang haar zusje altijd is, en hoe dapper zijzelf is.

Ze fietsen langs de bosweg naar huis en Luna plaagt Lotte.

'Hoe denk je dat hij eruitziet?' vraagt ze. 'Aan die stem te horen, is het geen frisse verschijning. Ik denk dat hij wratten heeft, denk je niet? En lange dikke haren uit zijn wangen... O!'

'Wat is er?'

'O nee, gelukkig. Ik dacht dat ik hem achter die boom zag, maar dat is niet zo.'

'Luun, hou op.'

'Wat? Ik doe niks hoor, ik dacht écht dat ik hem zag.'

'Luun, je wéét dat ik daar niet tegen kan...'

'Sorry, ik probeer niet meer te schrikken, goed?'

Lotte begint een beetje harder te trappen. De takken van de bomen zijn al zwarte vlekken geworden in de lucht. Het lijken wel heksenarmen, die kale kronkelige takken...

Waarom wordt het nou zo vroeg donker? Waarom zijn ze nou niet lekker warm en veilig binnen?

'Ik denk dat hij vlijmscherpe tanden heeft,' zegt Luna. 'En dat er klodders spuug uit zijn mond vliegen bij het schreeuwen. Denk je niet?'

'Luna, hou op.'

'Nou, dat mag ik toch wel denken?'

Als Lotte nog een tikje harder trapt, zijn ze wat sneller bij de boerderij. Daar is het gezellig. Daar zingt mama prachtige Sinterklaasliedjes. En papa bedenkt smerige recepten, hihi.

'Zie je dat?' vraagt Luna ineens.

'Ik zie niks.'

'Bij het huisje. Er brandt licht. Hij is er nog. Straks zit hij écht verstopt achter een boom!'

Lotte schreeuwt zo hard ze kan: 'Luna, nu hou je op!' Ze zet het op een fietsen, zo hard, ze lijkt wel een wielrenner. Nog maar een kilometertje, dan is ze eindelijk thuis.

Achter zich hoort ze Luna hardop zeggen: 'Ik vraag me alleen af... wat moet zo'n enge kerel in zo'n koud houten huis...?

4 Wie klopt daar?

Thuis wil Lotte de kruiden snel aan papa brengen en hem vragen over de vreemde buurman. Maar hij is niet in de keuken. Lotte roept naar boven, maar hij geeft geen antwoord. Ze kijkt Luna vragend aan, maar die trekt haar schouders op dat ze het ook niet weet.

Dan klinkt er geklop op een deur.

'Hoor je dat?' vraagt Luna. 'Er klopt iemand op de deur. Dat is vast papa die doet alsof Sinterklaas bij ons is aangekomen.'

Lotte glimlacht. Dat is lief van hem. Stel je toch eens voor dat Sinterklaas vanavond écht langs hun huisje zou rijden...

'Kom nou!' roept Luna.

Dan begint Lotte eindelijk te rennen. Gauw, naar de deur om 'Sinterklaas' te begroeten!

Giechelend hollen de meiden naar de garderobe van het restaurant. Daar zijn de kapstokken voor alle jassen.

Vroeger waren hier de stallen, maar nu zit er de ingang.

Eerst moeten gasten hun auto parkeren op de parkeerplaats, en daarna worden ze door een echte trein naar het restaurant gereden. Dat heeft papa tof aangelegd.

Maar als ze lacherig de massieve deuren opentrekken, staat er niemand. Er is zelfs geen grote zak vol cadeautjes.

Verbaasd kijkt Luna om de hoek. Nee, er is echt niemand.

'Ik hoor nog steeds kloppen,' zegt Lotte zacht. Ze houdt haar adem in. Ook Luna hoort het.

KLOPKLOPKLOP... Even klinkt een korte stilte en dan weer: KLOPKLOPKLOP...

'Is er nog een andere deur?'

Luna haalt haar schouders op. 'Nee.'

'Wie kan het zijn?'

'Niet bang worden,' vindt Luna. 'Papa staat gewoon ergens anders tegenaan te kloppen.'

Samen lopen ze het restaurant in. De elektrische treintjes rijden langs de muren heen en weer. Lotte glimlacht als ze ziet dat papa pepernoten in de wagons heeft gelegd.

De bootjes dobberen in de enorme waterbak. Ze zijn stampvol zoete schuimpjes geladen.

'Zie je dat?' vraagt Lotte blij.

Tot hun verrassing is het nu papa's stem die vrolijk antwoordt: 'Leuk hè?' Verbaasd zien de meiden hoe hun vader het restaurant binnenstapt. In zijn handen heeft hij een enorm dienblad met tientallen kaneelkoekjes, in de vorm van de gouden staf. Ze zijn niet eens zwart of keihard geworden. Nee, het is misschien wel erger: ze zijn nog wit en helemaal zacht!

Papa schuift twee tafels tegen elkaar aan. Luna en Lotte hebben die in alle kleuren van de regenboog mogen schilderen.* Dat was superleuk om te doen.

* Zie De gesloten kamer

Papa zet het mooie dienblad in het midden neer.

'Helpen jullie even het beslag gladstrijken?' vraagt hij.

'Papa...' Luna kucht voordat ze zegt: 'Deze koekjes zijn toch nog niet klaar?'

Papa grinnikt. 'Wat denken jullie wel van mijn kookkunst? Deze gaan straks terug in de oven.'

Terwijl hij met een vork de koekjes gladstrijkt, zegt hij: 'Ik wil hier nog leuke kaarsjes branden, en een heleboel schalen met snoepgoed neerzetten.' Hij steekt zijn vinger in de lucht. 'En,' zegt hij, 'ik maak een paar heerlijke Sinterklaastaarten.'

'Maarre... pap?' Luna vraagt het zachtjes. 'We zijn vanavond maar met zijn viertjes, hoor.'

Vroeger, in Thuiloord, kwamen de kinderen uit de straat vaak bij hen langs om hun cadeaus te laten zien. Iedereen wist dat papa Hans en mama Marianne snoep hadden gekocht. En dat ze het gezellig vonden als er veel visite kwam. Speciaal voor de ouders hadden ze pure chocolade, of met hazelnoten. En de kinderen kregen letters van witte of melkchocolade, van smarties, van koek of ander snoepgoed. Heerlijk was dat altijd.

Maar nu, in Biesland, kennen ze nog geen mensen die met Sinterklaas bij hen langskomen.

Niemand gaat ook uit eten, omdat ze thuis de cadeautjes willen uitpakken. En niemand komt zomaar toevallig langs, omdat ze te ver uit het centrum wonen. Luna en Lotte moeten vanuit Biesland Bos zeker vijftien minuten fietsen om in Biesland Centrum te komen. Dat is best ver.

Papa knikt en zegt: 'Ik weet dat we maar met z'n vieren zijn. We hoeven ook niet alles op te eten. Maar ik vind zo'n volle tafel nou eenmaal zo leuk!' Tevreden gaat hij terug naar de keuken.

'Zijn jullie al klaar voor het feest?' vraagt hij om de hoek van de muur.

Lotte slaat haar hand voor haar mond. 'Ik moet nog inpakken!' Gauw gaat ze de wenteltrap op, naar haar kamer.

Als ze bijna boven is, hoort ze het weer.

KLOPKLOPKLOP...

Verstijfd blijft ze staan. Een rilling loopt over haar rug. De haartjes op haar armen komen overeind.

Wat kan het toch zijn? Toch niet die enge kerel van het houten huis? Nee, die vent zal het niet zijn, die wilde juist met rust gelaten worden!

Maar als het papa niet is, en mama niet (want die hoort ze luid en duidelijk zingen in een andere kamer) en Luna is het zeker weten niet (al wilde die misschien wel dat zíj het was die enge geluiden maakte waar Lotte de bibbers van kreeg)... wat dan wel?

Het enige dat onzichtbaar is en toch klopgeluiden maakt, dat is... een klopgeest. Zou het een klopgeest kunnen zijn?

Lotte heeft al eens eerder gedacht dat er misschien een geest rondwaarde. Dat was toen ze druk waren met de verhuizing. Het bleek toen niet zo te zijn. Dus schudt ze ook nu haar hoofd.

Geen enge dingen denken, zegt ze tegen zichzelf. En ze loopt door.

5 Luna wordt gek

Lotte heeft voor mama Marianne een jurk geknipt uit een groot karton. Een lange, zwierige prinsessenjurk. Omdat ze die altijd op het podium draagt. Als cadeau heeft ze een kussen gekocht in de vorm van een hart. Het leuke is nu, dat het kussen precies achter het karton past. De rondingen van het hart lijken zo de deinende borsten van mama.

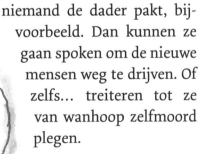

KLOPKLOPKLOP... klinkt het nog altijd in de verte.

Lotte denkt: als een geest wil spoken, is vanavond de perfecte avond, want we zijn helemaal alleen in het restaurant.

Ze hebben de boerderij geërfd van mevrouw Meeuwes. Pas acht maanden geleden is zij doodgegaan. Omdat papa de enige bloedverwant was, heeft hij de woning gekregen.

Zou mevrouw Meeuwes... misschien niet blij zijn met hen?

Ze zeggen wel eens dat geesten in een huis blijven wonen. Soms zijn ze boos. Omdat ze zijn vermoord en niemand de dader pakt, bijvoorbeeld. Dan kunnen ze gaan spoken om de nieuwe mensen weg te drijven. Of zelfs... treiteren tot ze van wanhoop zelfmoord plegen.

Opnieuw schudt Lotte haar hoofd.

Ze staat op en verstopt het cadeau onder haar bed. 'Luna!' roept ze, en ze stapt haar kamer uit. Ze wil zo snel mogelijk weten waar het geluid vandaan komt.

Samen gaan Luna en Lotte langs de wenteltrap naar boven. Luna heeft een lange banketstaaf van tafel gepakt. Wat ze ermee moet, weet ze zelf niet. Maar ze houdt hem als een wapen voor zich uit. Ze kan het niet uitstaan dat ze niet weten waar het geklop vandaan komt. De nieuwsgierigheid maakt haar nog gek!

Ze gaan nu luisteren of het van de open hooizolder komt. Of uit de badkamer. Maar nee, nergens ontdekken ze de oorzaak. En in de verte klinkt nog steeds het akelige KLOPKLOPKLOP...

Het kan van boven komen; van links, rechts, van buiten of van binnen. Overal. Het is zo'n geluid waarvan je niet precies weet waar het zit, maar je hoort het wel. Als je goed luistert, is het er de hele tijd. Heb je het eenmaal gehoord,

dan kun je het niet meer weg denken. Zo'n geluid is het. Zo kun je mensen gek maken, denkt Lotte.

Wat Luna bijvoorbeeld soms doet, is Lotte een por geven. Het hoeft geen grote te zijn. Het mag ook een klein prikje met haar vinger zijn. Por, por, por...

Eerst is het vervelend. Dan wordt het irritant. Por, por, por... Na de tiende keer raakt Lotte geïrriteerd. Na twintig keer wordt ze boos. En bij de dertigste por springt ze uit haar vel. Helemaal gek wordt ze dan. En superboos.

Lotte zucht. Is dat hoe de klopgeest hen probeert te pakken? Door hen langzaam maar zeker gek te maken?

'Ben jij wel eens op het dak geweest?' vraagt Luna.

Lotte schudt haar hoofd – natuurlijk niet. Zou Luna denken dat er iemand op het dak zit? Daar is het ijskoud, en waarschijnlijk spekglad.

Ze lopen langs de deuren van hun eigen kamers. En langs de slaapkamer van hun ouders.

'*Hoort wie klopt daar, kind'ren,*' neuriet mama tevreden. Zij heeft 'De Klop' duidelijk nog niet gehoord.

Mama Marianne is altijd het langst bezig met inpakken. Eerlijk gezegd heeft zij ook altijd de mooiste cadeaus. Omdat ze in alle landen van de wereld komt, en overal kleine souvenirs koopt.

Aan het einde van de gang is de deur naar de hooizolder. Hier heeft papa gebouwd aan de locomotief die bij de parkeerplaats staat.

Luna loopt naar de rand van de hooizolder. 'Pak jij even een laken uit de kast?'

'Waar heb je een laken voor nodig?' vraagt Lotte.

'Ik wil weten of het van het dak komt.'

'Ga je erop klimmen?'

Luna knikt. Intussen pakt ze zelf al een laken uit de kast. 'Ik móét het weten,' zegt ze. 'Ik word helemaal gek van dat geklop.'

Luna werpt het laken om een stuk ijzer dat uit de muur steekt. Een paar keer trekt ze eraan om te zien of het stevig zit. Dan zet ze af en dan klimt ze – roetsj – omhoog. Alsof ze gewoon op schoolgym is en in de touwen moet klauteren.

'Voorzichtig!' roept Lotte bezorgd.

Maar Luna werpt haar voeten om de ijzeren staaf. 'Kom nou maar.' Ze legt haar handen al tegen het rieten dak. 'Bange pudding.' Luna lacht.

Dan zucht Lotte diep, en hijst zich óók via het laken omhoog. Ze hoort hoe Luna over het dak stapt...

Nu is Luna precies waar een gemene klopgeest haar zou willen zien. Een klein duwtje is genoeg om haar omlaag te storten...

Maar de klopgeest hoeft niet eens te duwen. Want die heeft Luna in zijn macht. 'Spring omlaag,' zegt-ie, en die gedachte legt hij gewoon in Luna's hoofd. Dat is simpel voor een klopgeest, hoor.

Zie je, daar loopt Luna al. Haar armen heeft ze vooruit gestoken. Haar ogen zijn open, maar de blik erin is vreemd. Eng. *Bezeten.*

Luna stapt naar de rand van het dak. Bij de dakgoot staat ze even stil. Maar dan zet ze af en springt–

Lotte gilt: 'Néé!' maar Luna grijpt haar arm.

'Zit je weer te dromen, bange aal?'

'O, nee hoor.' Lotte kucht. Ze durft haar zus niet te vertellen wat ze nú weer dacht.

'Hier is niemand,' zegt Luna.

Lotte zucht hoorbaar. 'We komen er gewoon niet achter.'

'Precies,' zegt Luna. Ze wrijft haar vinger langs haar neus. 'Laten we hulp gaan vragen.'

'Bedoel je...' vraagt Lotte.

Luna knikt. Ze haalt haar schouders op. 'Misschien heeft Frida een idee.'

Ja, Lotte knikt tevreden. Frida kan hen vast wel helpen. Ze is blij; ze gaan door de ondergrondse tunnel!

6 De klopgeest

Met zijn tweeën staan ze te duwen
aan de surprise van Luna. Die moet eerst
nog aan de kant voordat ze het luik kunnen openen.
Lotte gooit al haar gewicht tegen de surprise aan en dan
– 'Aargh!' – gilt ze een korte, hoge gil.
'Wat is er?' vraagt Luna.
'Ssst!' Lotte legt haar vinger over haar lippen. Ze wijst
omlaag. Haar knieën beginnen te trillen. In haar ogen
springen tranen.
Luna fluistert opnieuw: 'Wat is er?'
Zachter dan zacht brengt Lotte uit: 'H e t
k o m t v a n b e n e d e n.'
Ze durft zich niet te bewegen. Onder
haar, precies waar zij nu staat... Ze voelde
het aan haar voet. Het luik trilde, tegelijk met het
klopgeluid.
Frida kan het niet zijn. Die zou haar hond Wodan
nooit alleen achterlaten in het bos. Bovendien is ze te dik
geworden voor sommige stukken in de tunnel, dat heeft
ze zelf gezegd.
'Blijf staan,' fluistert Luna. Ze loopt op haar tenen om
haar eigen surprise heen. Naast Lotte blijft ze staan.
Zo staan ze.
Ze halen bijna geen adem.
En dan gebeurt het. Onder hun voeten klinkt luid en
duidelijk: KLOP KLOP KLOP...
Luna knikt naar Lotte. Ze heeft zweetdruppels boven
haar neus. Op haar voorhoofd.

Lotte ademt hoog en angstig. Het is meer hijgen wat ze doet. Haar onderlip trilt.

'W a t m o e t e n w e d o e n ?'

Luna haalt langzaam, superlangzaam, haar schouders op. Ze schudt haar hoofd. Zo traag, en zo voorzichtig, je kunt de beweging nauwelijks zien. Zij weet het ook niet. In ieder geval kunnen ze hier niet weg, want dan kan hij het luik opendoen.

Er staat een klopgeest onder hen. In een duistere tunnel. Waar het koud is. Tussen Luna, Lotte en de geest zit maar drie centimeter hout. Misschien vijf. Maar meer niet.

Als ze niet snel weg kan, zal Lotte flauwvallen. Ze weet het zeker.

'Is daar iemand?' horen ze dan plotseling. Geschrokken vallen ze elkaar om de nek.

'Aargh!'

'Daar is iemand!' zegt de stem tevreden.

Angstig begint Lotte te huilen. Hij heeft hen gehoord!

'Doe eens open, wil je?'

KLOPKLOPKLOP, klinkt het weer. En dan: 'Kuchekuche...'

Lotte pakt Luna's arm beet.

Luna reageert niet. Ze kijkt omlaag. Naar haar voeten. Alsof ze niet kan geloven dat er écht onder haar... *iemand* is... Dan kijkt ze naar Lotte en schudt haar hoofd. 'We kunnen niet opendoen, ik weet het.' Ze zegt het alsof ze zich verontschuldigt. En Lotte weet wel waarom: omdat Luna er stiekem aan dacht om het luik tóch–

'En een heel klein stukje?' vraagt Luna dan.

Lotte kijkt haar boos aan.

'Het is hier zo koud!' klinkt de stem. 'Zijn jullie er nog?'

Lotte legt haar vinger over haar lippen. 'Niks zeggen,' fluistert ze. 'Dit is precies hoe de klopgeest probeert jouw gedachten te beheersen.'

Luna trekt haar wenkbrauwen op. 'Wát zeg je? Een klopgeest?'

De glimlach rond Luna's mond bevalt Lotte helemáál niet.

Luna probeert niet eens meer te fluisteren. Nee, ze roept tegen haar voeten: 'Bent u een klopgeest?'

'Nee, nee,' antwoordt de man. 'Echt niet.' Er wordt weer tegen het luik geklopt. 'Wil je alsjeblieft opendoen?'

En dan hoort Lotte het ineens. Die stem, dat is die kerel! Die gek! Hun... *buurman*! Haar stem slaat over als ze gilt: 'We doen NIET open!' En tegen Luna: 'Het is die vent, van het houten huis! Hoor je het?!'

Luna's mond valt open. Ze grijpt Lottes armen met haar eigen twee handen. En ze roept enthousiast: 'Je hebt gelijk!' Ze wijst naar het luik onder haar voeten en roept alsof ze een dief heeft betrapt: 'Aha!'

KLOP KLOP KLOP! Het klinkt nu dwingender. 'Alsjeblieft!' roept de stem.

'We kunnen hem moeilijk daar laten,' zegt Luna.

Maar Lotte legt haar armen over elkaar. 'Echt wel.'

Luna schudt haar hoofd. 'Je weet best dat het niet kan. We zullen wel moeten...'

'Wacht!' Lotte rent naar de keuken en komt terug met een zwaar dienblad. Om de kerel mee op z'n kop te slaan, als het nodig is.

Dan pakt Luna de metalen ring en trekt – ííeeps – het zware luik open...

Ze zien een witte hand met zwarte vegen, die zich aan het trapje vasthoudt. Ze zien een jas, een warme, lange mantel, die grijs is geworden van de zanderige tunnel. Dan zien ze een puntje. De punt van een, euh... Het is niet scherp, niet gevaarlijk, maar toch stevig - het is de punt van een hoed – van een mijter!

Hoe verder het luik opengaat, hoe verder hun monden openvallen. Daar, aan hun voeten, staat een hele super, mega stoffige *Sinterklaas*!

Lotte hapt naar adem.

En Luna vraagt: 'Bent u het echt?'

Ze vragen zich af of ze nu moeten knielen of een buiging zullen maken.

'Nee, nee.' De man doet zijn mijter en ook een nepbaard af. 'Ik ben maar een hulp-Sinterklaas. Een hele slechte zelfs.' Dan laat hij zich met een zucht op de grond ploffen.

7 Een pijnlijk verhaal

Luna en Lotte leiden de stoffige man naar de woonkamer. Nou ja... *woon*kamer, eigenlijk hebben ze die niet. De woonkamer is gewoon het restaurant.

Hier zetten ze de hulp-Sinterklaas neer.

Verrast kijkt de kerel om zich heen. 'Wat een prachtig restaurant!' Hij wijst naar de elektrische treintjes, en hij zet grote ogen op als hij de waterbak met bootjes ziet. 'Kunnen die écht varen?!' Hij kijkt verlekkerd naar een paar schalen die papa heeft neergezet. Chocoladebrokken. Pepernoten. Marsepein.

Luna kan het niet helpen dat ze glimlacht. Ook Lotte voelt zich trots.

'Ik weet niet waar ik precies liep. Ik was vlak bij een klein huisje. Spierwit was het, het leek wel uit een sprookje.'

In het huis dat hij beschrijft, woont Frida. Zelfs Luna en Lotte weten niet hoe ze er 'gewoon' moeten komen. De enige weg die ze kennen, is door de tunnel.

'Mijn hele leven heb ik nog niet zo'n mooi huisje gezien. Ademloos heb ik ernaar gekeken. En toen gebeurde... ik weet het niet precies. Ik struikelde over een tak, denk ik. Of een boomstam.'

Hij wrijft in zijn ogen.

'Ik viel werkelijk knalhard. Dat was pijnlijk, zeg. Ik ben misschien nog niet zo oud als Sinterklaas, maar toch zeker een heer op leeftijd. Ik was bang dat ik al mijn botten brak. Misschien ben ik zelfs wel bewusteloos geraakt, hoor, kan best. O...!' Geschrokken springt buurman-de-hulpsint nu op.

Gauw grijpt Lotte haar dienblad (voor als hij hen alsnog aanvalt). Ook Luna komt omhoog.

Maar de hulp-Sinterklaas roept: 'Hoe laat is het? Het Sinterklaasfeest is toch nog niet voorbij?'

Luna en Lotte schudden hun hoofd en wijzen op de klok. De meeste mensen zitten nu waarschijnlijk (vol verwachting) te eten.

Dan wil Luna graag weten: 'Waarom deed u zo agressief tegen ons vandaag?'

De hulp-Sint slaat zijn hand voor de mond. 'Jullie hebben gelijk, ik deed erg boos.' Hij laat zijn schouders zakken. 'Zie je wel dat ik een slechte Sinterklaas ben.'

'Maar waarom was dat?'

De hulp-Sinterklaas zucht. Hij schudt zijn hoofd. 'Ik kan het niet vertellen.'

Luna trekt haar wenkbrauwen op. 'Waarom niet?'

'Het spijt me...' zegt hij verontschuldigend.

'Bedoelt u dat ik helemaal opnieuw naar het huisje moet sluipen, net zolang tot ik met eigen ogen heb gezien wat er binnen is?'

Lotte denkt: Luna is zo nieuwsgierig, ze heeft niet eens in de gaten hoe onbeleefd het zou zijn als ze bij het huisje bleef rondsnuffelen, haha!

De Sinterklaas moet ook lachen. Hij steekt zijn vinger

in de lucht. Dat had een witte vinger moeten zijn, maar door zijn val in de geheime tunnel zijn de handschoenen helemaal grijs en stoffig geworden.

'Ik begrijp dat ik er niet onderuit kan.'

Lotte schudt giechelig haar hoofd. 'Nee, Sinterklaas. Als Luna eenmaal iets wil weten, kan niets haar nog stoppen!'

'Tsja...' Sinterklaas haalt zijn schouders op. 'Ik mag jullie niet vertellen dat er binnen een... klein fabriekje staat.' Hij schudt zijn hoofd. 'Dat zijn orders van bovenaf.'

'O?'

'Ik mag jullie niet zeggen dat daar een immense kelder is, bomvol cadeaus voor alle kinderen in Biesland. En er staat... een inpakmachine.'

'Een *inpakmachine*?!'

De ogen van Luna en Lotte zijn groot van verbazing.

Sinterklaas knikt. 'Of dachten jullie dat ik ieder presentje met de hand inpakte? Natuurlijk helpen de Pieten waar ze kunnen, maar die moeten óók al 's nachts de daken op... Nee, zonder mijn ouwe trouwe inpakmachine kreeg ik nooit alles op tijd af.'

Luna knippert met haar ogen. 'Vandaar dat het houten huisje in de zomer leegstaat.'

Lotte knikt. 'Dat heeft u het gewoon niet nodig.'

'Het houten huisje is mijn woon-, werk-, én schuilplaats, inderdaad. Ieder stadje heeft zo een eigen klein fabriekje, dat alleen in november alles klaarstoomt voor pakjesavond. Begrijpen jullie dat daar ab-so-luut geen kinderen mogen rondsnuffelen? Dan zou de hele verras-

sing worden verpest. Bovendien zouden kinderen er de hele dag in drommen op af komen – dat kan toch niet?'

Luna's mond staat wijd open, ze hangt zowat *letterlijk* aan Sinterklaas' lippen.

De hulpsint grinnikt. 'Of dachten jullie dat alle pepernoten in Spanje werden gebakken? Haha, dan zouden ze allang oudbakken zijn zodra we eindelijk gingen strooien! O...!'

Opnieuw springt hij geschrokken op. Hij legt zijn handen op zijn hoofd en kermt: 'O, o...'

'Wat is er?' Luna volgt hem de gang in.

Hij gaat op zijn knieën voor het luik zitten en graait wat naar beneden.

'Waar is hij? O, nee toch...'

Het duurt even voordat hij te pakken heeft wat hij zoekt; dan tilt hij een zanderige, stoffige, grijze zak omhoog. Opnieuw kermt hij: 'Nee toch...'

Hij zakt op zijn billen, en Luna en Lotte dragen de zak naar het restaurant. De buurman graait in de zak en haalt er een zanderig hoopje snoepgoed uit. Hij blaast over de pepernoten, maar je *voelt* het zand tussen je tanden knarsen als je er alleen maar naar *kijkt*.

'O, wat ben ik toch een slechte hulpsint.'

Hij verbergt zijn hoofd in zijn handen en verzucht: 'Pakjesavond kan in Biesland niet doorgaan.'

8 Plaza Pakjesavond!

Het galmt door de gangen van Plaza Patatta:
'*Hóórt wíe klopt dáááár!*'
Luna en Lotte springen op. 'Daar komt
mama, doe snel uw baard en mijter goed!'
Zodra mama beneden staat, slaat ze haar handen
voor haar mond. Ze maakt een diepe, hoffelijke buiging
en stamelt met haar zangerige stem: 'Goedenavond heer
Nicolaas, wat een eer dat u ons restaurant bezoekt.'
Sinterklaas knikt schuchter. Hij kucht. 'Tja, mevrouw,
dat komt doordat–'
Gauw onderbreekt Luna hem en zegt: 'Dat komt door-
dat Sinterklaas onze hulp nodig heeft.'
'O, is dat zo?' Mama maakt nog een kleine buiging.
'Zegt u maar wat u nodig heeft, en wij zorgen ervoor.'
De buurman laat zijn schouders zakken. 'Nou ja...'
Luna houdt de zak omhoog en zegt: 'Sinterklaas heeft
snoepgoed nodig!'
'Lieve hemel, wat is er gebeurd?' Geschrokken ziet
mama hoe zanderig de zak van Sinterklaas is. 'Toch niet
door ons...?'
'Welnee, mevrouw, welnee.' Hij glimlacht zo lief, je
zou niet denken dat diezelfde man vanmiddag nog zo
angstaanjagend probeerde te zijn.
Nu komt papa haastig het restaurant inlopen. 'Wat is
er, wie is er?' Zijn haren zijn wit van alle bloem, en aan
zijn vingers kleven brokken bakboter. Als hij ziet dat het
Sinterklaas is die in Plaza Patatta zit, gaat hij keurig

rechtop staan. Om zijn kapsel netjes te maken, kamt hij met zijn vingers door zijn haren – en veegt er dus brokken boter in, hihi.

'O, Sinterklaas,' zegt hij beleefd. 'Ik ben net pepernoten aan het bakken. Wilt u ze misschien proeven?'

Maar Luna geeft al antwoord voordat Sinterklaas iets kan zeggen: 'Jazeker willen we ze proeven. Ik denk dat álle kinderen van Biesland ze wel willen proeven, denkt u ook niet, Sinterklaas?'

De december-buurman knippert met zijn ogen. Hij kijkt toe hoe Luna het zanderige snoepgoed uit de zak schudt, en hoe ze het ding stevig uitklopt. Dan pakt ze de schaal met chocoladebrokken en kiepert die erin leeg. De stukken borstplaat gaan er ook bij, en natuurlijk alle marsepein.

'O,' zegt buurman-de-hulpsint, 'o, wat een goed idee! Weet je zeker dat jouw vader dit goedvindt?'

'Hooggeëerde Sinterklaas,' zegt papa veel te plechtig. 'Er is veel te veel snoep voor ons alleen. Het is ons een eer om u van dienst te zijn.' Dan maakt hij zo'n diepe buiging dat er meel uit zijn borstzak op de grond valt.

Lotte begint te giechelen, en Luna trouwens ook.

'Mogen wij u dan helpen met pakjes bij de deuren zetten?' vraagt Luna brutaal.

Sinterklaas knikt. 'Jullie hebben me zo goed geholpen, jullie mogen vanavond mee.'

'Jippíéíéie!!' Luna en Lotte springen een gat in de lucht. Vanavond zijn ze hulpjes van de hulpsint, en delen ze snoep uit van hun eigen restaurant. Het wordt een fantastische Plaza Pakjesavond – yes!

Welkom in het

kinderkookcafé ▶ ▶ ▶ ▶ ▶ ▶

•

Zelf koken!

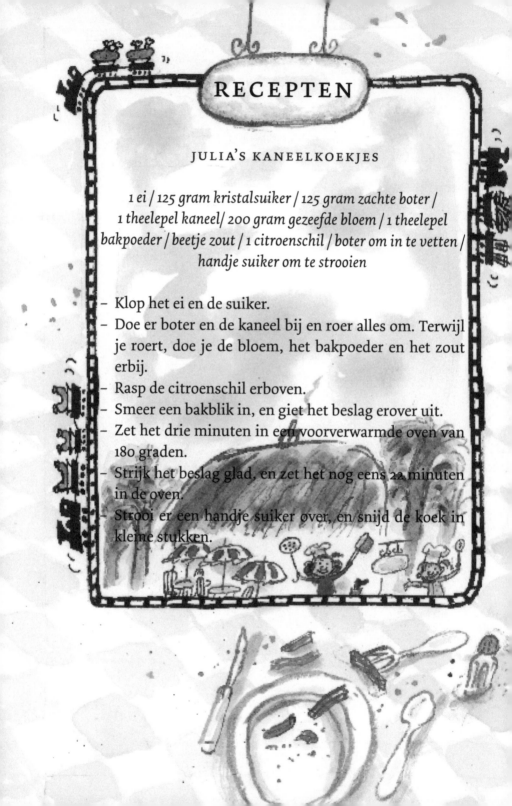

RECEPTEN

JULIA'S KANEELKOEKJES

*1 ei / 125 gram kristalsuiker / 125 gram zachte boter /
1 theelepel kaneel/ 200 gram gezeefde bloem / 1 theelepel
bakpoeder / beetje zout / 1 citroenschil / boter om in te vetten /
handje suiker om te strooien*

– Klop het ei en de suiker.
– Doe er boter en de kaneel bij en roer alles om. Terwijl je roert, doe je de bloem, het bakpoeder en het zout erbij.
– Rasp de citroenschil erboven.
– Smeer een bakblik in, en giet het beslag erover uit.
– Zet het drie minuten in een voorverwarmde oven van 180 graden.
– Strijk het beslag glad, en zet het nog eens 22 minuten in de oven.
– Strooi er een handje suiker over, en snijd de koek in kleine stukken.

RECEPTEN

PAPA'S PEPERNOTENTAART

1 zakje strooigoed / poedersuiker / water / cake of boterkoek
(kant-en-klaar)

– Doe wat water bij de poedersuiker, net zolang tot het
  een kleverig goedje wordt.
– Smeer de cake of de boterkoek in met de suikerlijm.
– Plak het strooigoed erop!

RECEPTEN

PEPERNOOTJES

250 gram zelfrijzend bakmeel / 125 gram donkere basterd-suiker / 2 eetlepels speculaaskruiden / zout / 100 gram zachte boter of margarine / 3 eetlepels melk / bakpapier

- Doe bakmeel, suiker, zout en kruiden in een kom.
- De boter gaat erbij, met de melk.
- Kneed het deeg tot het een bal is (let op dat er geen grote brokken boter meer in zitten!)
- Maak kleine balletjes, en leg die op een bakplaat met bakpapier.
- Ongeveer twintig minuten in een voorverwarmde oven van 150 graden.

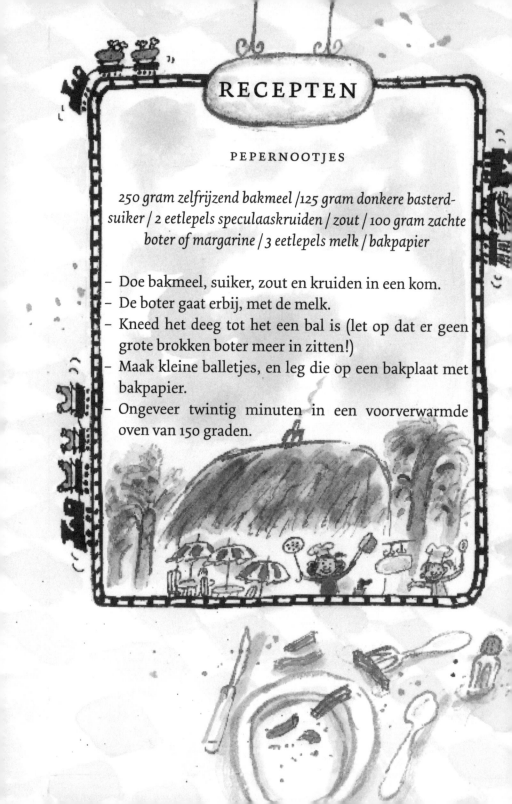

OPROEP

Lieve help, papa Hans heeft een restaurant geopend maar hij kan niet koken! Hij roept alle kinderen van Biesland en daarbuiten op om met ideetjes te komen. Het recept voor kaneelkoekjes komt van Julia Hulleman uit Doesburg, Gelderland. Luna, Lotte, papa Hans en mama Marianne willen haar hiervoor hartelijk bedanken. Zij krijgt *Help, wie klopt daar?!* thuis gestuurd, veel plezier ermee!
Weet jij voor de kok een simpel, maar lekker gerecht?
Mail het dan naar: Nandaroep@hotmail.com
Of plaats het op: www.plazapatatta.nl

Misschien komt jouw recept dan wel op de menukaart van Plaza Patatta!

Stille nacht, angstige nacht

Luna en Lotte slepen een e-nor-me kerstboom de eetzaal van Plaza Patatta in, als de deur wordt opengegooid. Er staat een al even enorme man in de gang: papa's oude vriend Loek, die komt koken voor Kerstmis. Het wordt een verrassing, zegt hij. Loek haalt konijntjes en een lief biggetje in kooitjes uit zijn auto en brengt ze naar boven. Luna en Lotte besluiten meteen dat ze die schattige beestjes niet willen eten. Ze gaan ze bevrijden. Maar dan horen ze rare geluiden op de hooizolder. Het lijkt wel of er iemand praat. Een dier? Of... een mens?Wat wil Loek eigenlijk allemaal gaan slachten voor het kerstdiner?!

Een kerstverhaal voor vegetariërs

Plaza Patatta

Een geheim luik
Nanda Roep
Met tekeningen van Georgien Overwater

Leopold

Plaza Patatta

De verdwenen jongen
Nanda Roep
Met tekeningen van Georgien Overwater

Leopold

Plaza Patatta

De gesloten kamer
Nanda Roep

Leopold

Plaza Patatta

Een g_____inger
Nanda Roep
Met tekeningen van Georgien Overwater

Leopold